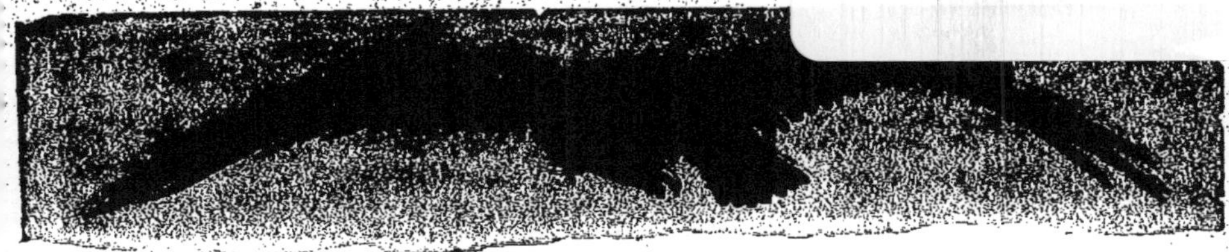

ENCYCLOPÉDIE
DES
NOUVEAUTÉS SCIENTIFIQUES ET LITTÉRAIRES
Paraissant tous les jeudis.

LES GÉNÉRAUX DE LA RÉPUBLIQUE

Hoche

Par D'AIROUVILLE

Prix : 15 centimes.

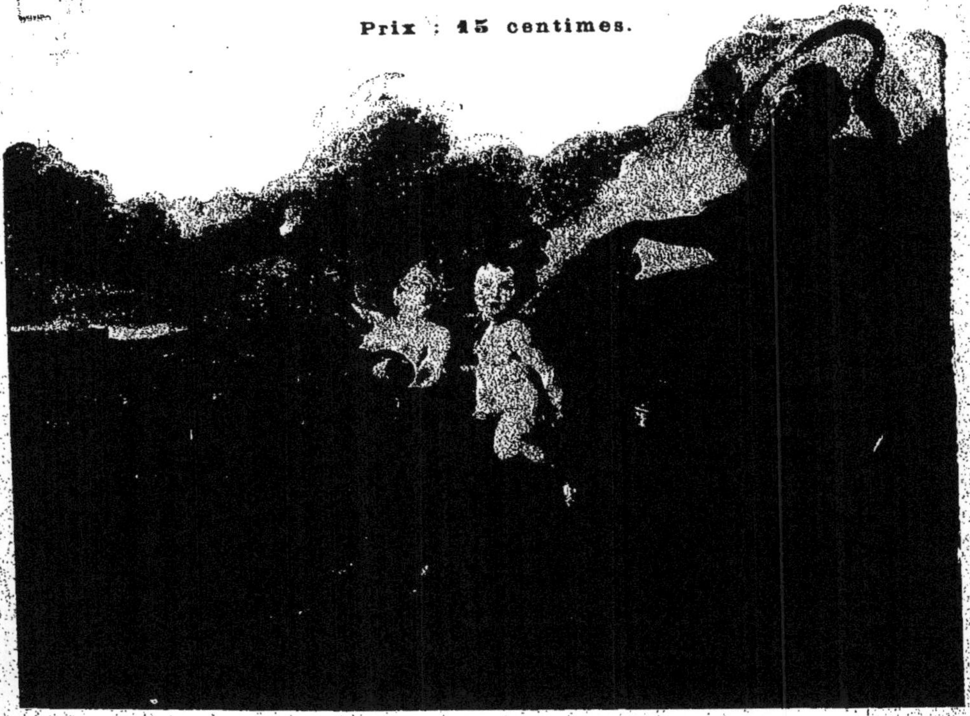

J.-B. Briaud & Cie, Éditeurs, 34, rue du Commerce, Paris. N° 5
Reproduction interdite. — 1re année.

HOCHE

(1768-1797)

PAR D'AIROUVILLE

JEUNESSE DE HOCHE

Lazare Hoche a été l'incarnation la plus brillante de la démocratie française pendant la première époque de la Révolution : c'est de ses rangs les plus humbles qu'il sortit pour s'élever aux plus hautes destinées.

Il est né, le 24 juin 1768, à Versailles, rue de Satory n° 18. Comme Kléber, il perdit sa mère de bonne heure, et subit peu l'influence de son père, ancien soldat qui était palefrenier à la vénerie de Louis XV : c'était un fort honnête homme, mais un peu rude et sans aucune instruction. Hoche fut élevé par une tante, marchande de légumes à Montreuil. Un oncle maternel, l'abbé Merlière, curé de Saint-Germain-en-Laye, lui enseigna un peu de latin et l'employa comme enfant de chœur à son église ; à quatorze ans on le plaça dans les écuries du Roi. Il lisait avec passion des récits de voyages et rêvait d'aller servir aux colonies ; des racoleurs peu scrupuleux, qui lui offraient un engagement au delà des mers, trouvèrent moyen de l'incorporer dans les gardes-françaises : toute sa destinée se trouva ainsi modifiée. Sa haute taille et son air martial le firent admettre au bout d'un an dans les grenadiers de son corps, qui était caserné à Paris. Le jeune garde-française devint vite un soldat modèle : il apportait dans le service à la fois une grande ardeur et un sentiment profond de la discipline. Il devint bientôt caporal, sergent ; les recrues n'eurent pas de meilleur instructeur : ce fut l'un des comptables les plus capables du régiment. Hoche n'avait guère d'autre avancement à espérer. Mais déjà se faisait sentir le souffle de la Révolution, qui allait détruire les privilèges dans l'armée comme dans l'ordre civil et rendre les grades comme les emplois accessibles au mérite. Hoche n'avait certes pas le pressentiment des glorieuses destinées auxquelles elle l'appelait, non plus que tant d'autres soldats obscurs qu'elle allait illustrer sur les champs de bataille. Mais il sentit l'insuffisance de son instruction et il y suppléa par l'étude avec une rare énergie. Pendant les soirées d'hiver, il gagnait un peu d'argent en brodant des vestes et des bonnets de police qu'il vendait aux officiers ; l'été, levé avant le jour, il travaillait pour les maraîchers de Montreuil : c'est avec des économies si laborieusement amassées qu'il put acheter les œuvres de Voltaire et de Rousseau, celles de Montaigne et de Molière, pour lequel il professait la plus vive admiration, des livres d'histoire, ceux des anciens même, qu'une fois général il citera souvent dans sa correspondance.

Si avide de savoir, Hoche n'en est pas moins, comme le veut son âge, un gai compagnon ; il est plein d'entrain, il aime le plaisir, il sait donner et recevoir à l'occasion un bon coup d'épée. Un jour, il se mesure avec un spadassin émérite, le caporal Serre, odieux délateur : on se bat dans les carrières de Montmartre, à la fin de décembre 1788 par un temps affreux, avec de la neige jusqu'à la ceinture ; Serre est grièvement blessé, mais Hoche reçoit en pleine figure un coup de sabre qui lui fend le front : le voilà balafré pour la vie, non défiguré du reste, la cicatrice relevant même la fierté naturelle de sa physionomie. Une autre fois, de garde à la Comédie - Française, il fait son devoir en arrêtant, parmi des tapageurs qui troublaient le spectacle, le boucher Legendre, le futur conventionnel : Danton survient et empêche une rencontre. Hoche fut parfois compromis dans des aventures de jeunesse ; on lui a beaucoup reproché sa participation au pillage d'une maison située dans les faubourgs de Paris : il faut dire qu'un de ses meilleurs amis avait été assassiné dans cette maison. Il expia, du reste, sa faute par trois mois de captivité et, quand il sortit de prison, il fut le premier à calmer ceux de ses compagnons qui parlaient de le venger. On l'adorait dans sa compagnie ; les officiers avaient pris en affection ce soldat qui se rendait spontanément à la salle de police, quand il avait commis quelque faute et désarmait parfois les chefs les plus rigoureux par de spirituelles réparties, toujours prêt à défendre ses égaux et ses subordonnés.

SES PREMIÈRES CAMPAGNES (1792-1793)

Lorsque la Révolution éclate, Hoche l'accueille avec enthousiasme. Il ne pouvait en être autrement pour le fils du palefrenier de Versailles, pour l'admirateur passionné de Voltaire, pour le jeune garde-française intimement associé à la vie de la population parisienne. Au 14 juillet, il commandait comme sergent le détachement qui devait garder l'entrée de sa caserne ; il empêche à la fois l'effusion du sang et l'envahissement du poste ; son dévouement au nouvel état de choses ne lui fait pas oublier ses devoirs de soldat. Au 6 octobre il arrache à la mort les gardes du corps, réfugiés à Versailles, dans le salon de l'Œil-de-bœuf, en leur disant : « Messieurs, nous n'avons pas oublié que les vôtres nous sauvèrent à Fontenoy. »

Il traverse obscurément, dans les grades de sergent-major et d'adjudant, les trois premières années de la Révolution ; en 1792, le ministre girondin Servan le remarque au milieu d'une revue et lui décerne le brevet de lieutenant au régiment de Rouergue. Ce régiment était compris dans le corps d'armée de Dumouriez qui tenait tête en ce moment aux forces de la première coalition organisée contre la France. Il prend part à la défense de Thionville contre les Prussiens. A la retraite de Grandpré qui aurait pu être désastreuse et qui permit à Dumouriez d'attendre les renforts avec lesquels il devait gagner la bataille de Valmy, il rallie l'arrière-garde hésitante. Après l'échec de l'aile droite de Dumouriez au siège de Maestricht, Hoche, nommé capitaine à l'ancienneté au 58e régiment d'infanterie, sauve, contre toute espérance, l'artillerie et le trésor de l'armée. C'est alors qu'il devint aide de camp du général comte Le Veneur, dont la direction intelligente et affectueuse lui fut très utile, comme l'a été celle du colonel Guittard pour Kléber ; c'est ainsi que les anciens officiers de la monarchie formaient les généraux de la République. Dans la campagne de Hollande, il assiste à tous les combats : démonté deux fois à Nerwinden, il se borne à dire : « Décidément ces messieurs veulent me faire servir dans la ligne. » Il défend ensuite Louvain, rompt les ponts de la Dyle et refuse les fonctions de chef de bataillon afin de ne pas se séparer du général Le Veneur. Il a senti combien il pouvait gagner au contact d'un tel chef, instruit, distingué, expérimenté, de grande naissance, formé dans l'ancienne armée royale, mais franchement rallié à la cause de la Révolution. Il apprit avec lui à la fois l'art de la guerre, l'art d'écrire et l'histoire : il s'exerçait à composer des mémoires que Le Veneur revoyait et corrigeait ; la plupart de ces travaux, dont le général choisissait les sujets, portaient sur l'organisation de l'armée ; plusieurs furent remarqués, un surtout dans lequel étaient exposés avec force tous les dangers que présentait l'élection des officiers par les soldats ; « le soldat, disait Hoche, est bon juge du chef qu'on lui donne et non de celui qu'il doit se donner » ; il demandait également que l'ancienneté ne fût pas prise pour unique base de l'avancement et il rappelait l'exemple de ce capitaine réduit à se faire lire par un tambour un ordre secret.

Témoin de la trahison de Dumouriez, il contribue par sa parole ardente et ses écrits à en atténuer les effets.

Envoyé en mission à Paris, il étonne Carnot par l'élévation de ses idées et la sagesse de ses plans. D'après lui un changement de tactique était nécessaire : on avait trop dispersé ses forces ; il fallait marcher en avant, intimider l'ennemi et le forcer à reculer en se portant audacieusement sur son territoire : « Qu'un seul cri se fasse entendre : aux armes ! Marchons fièrement ; point d'incertitude et la victoire est à nous. » Il énumérait les opérations à faire, les places fortes à garder ou à raser. Son plan devait être, à peu de chose près, celui qui sera suivi, on sait avec quel succès, dans la glorieuse campagne de 1794 : on peut dire que par de telles conceptions, Hoche se révélait, du premier coup, au point de vue de la tactique, comme un digne émule de Carnot et de Bonaparte. On l'envoie à l'armée du Nord avec le grade d'adjudant-général, chef de bataillon. Mais sa carrière faillit être interrompue d'une façon tragique. La trahison de Dumouriez faisait soupçonner tout le monde : Le Veneur avait été dénoncé par des clubistes et jeté en prison. Hoche ne peut contenir son indignation : « Est-ce donc, s'écrie-t-il, Pitt ou Cobourg qui gouvernent, que l'on prive la République de ses plus fermes défenseurs ? » Ces paroles courageuses le rendirent lui-même suspect : il est arrêté et traduit devant le tribunal révolutionnaire de Douai. Dans une lettre qu'il écrit alors à Couthon, membre du Comité de Salut public, en lui envoyant son dernier mémoire sur la défense de la frontière du Nord : « Quel que soit mon sort, dit-il, que la patrie soit sauvée, et je demeure content. Mais à chaque instant le danger augmente... Vos généraux n'ont aucun plan... Qu'on me laisse travailler, les fers aux pieds, jusqu'à ce que les ennemis soient hors de France. Je suis sûr d'indiquer le moyen de les chasser avant six semaines. Ensuite qu'on fasse de moi ce qu'on voudra. » Couthon lit cette lettre au Comité, plaide devant lui la cause de Hoche, le fait élargir et envoyer, sous les ordres du général Souham, à la défense de Dunkerque.

Dunkerque semblait dans une situation désespérée. Une armée de 24,000 Anglo-Hanovriens, sous le duc d'York, l'assiégeait du côté de la mer ; une autre de 16,000 Hessois, sous le général Freytag, couvrait le siège, de manière à couper les secours qui pouvaient venir de l'intérieur ; 15,000 Hollandais, postés à Menin, servaient de lien entre York et Cobourg qui assiégeait le Quesnoy. La garnison de Dunkerque n'était guère que de 7 à 8,000 hommes ; elle manquait d'artillerie ; le port était mal gardé ; Pitt avait des intelligences dans la place ; plusieurs tentatives de révolte avaient eu lieu parmi nos matelots. A peine entré dans la ville, non sans difficulté, Hoche rivalise d'ardeur avec le représentant Duquesnoy, tout en *patriotisant les âmes*, selon sa pittoresque expression. L'armée du Nord, sous les ordres de Houchard, s'avance au secours de la ville. Pendant qu'elle battait le corps de Freytag à Hondschoote, Hoche fait une vigoureuse sortie contre les lignes anglaises, empêche York de secourir Freytag et le force de lever le siège, 8 septembre 1793.

Pendant ce temps, Hoche est de nouveau calomnié, dénoncé, ainsi que son père, par un lâche qu'il a été obligé de punir. Il s'arrête à peine aux accusations dirigées contre lui, mais défend son père avec éloquence, en montrant avec quel courage il a repris les armes à soixante-dix-huit ans. Les représentants répondent à la dénonciation en nommant Hoche chef de brigade et, trois jours après, général de brigade. Il n'avait pas de quoi s'équiper, ayant perdu sa tente à Grandpré, trois chevaux à Nerwinden et ses effets à Dunkerque ; heureusement on l'indemnise de toutes ces pertes. Quant à lui qui venait de passer six semaines sans se déshabiller, il écrit au général Barthélemy : « Les ennemis ne sont plus devant Dunkerque, veuillez m'employer où besoin sera ; le repos est une peine pour moi. » La lettre était écrite trois jours après la délivrance de Dunkerque, et le jeune héros avait plusieurs fois vomi le sang : peut-être, dès cette époque, avait-il ressenti les premières atteintes du mal qui devait l'emporter à vingt-neuf ans. Pendant le siège de Dunkerque, il avait rédigé un mémoire très hardi, mêlé d'illusions et d'erreurs, où il excitait le Comité de Salut public à faire une invasion en Angleterre : cette invasion resta toujours son idée fixe.

HOCHE GÉNÉRAL EN CHEF DE L'ARMÉE DE LA MOSELLE, PUIS DES DEUX ARMÉES DE LA MOSELLE ET DU RHIN (1793).

En six semaines Hoche avait été promu successivement au grade de général de brigade, de général de division et de général en chef de l'armée de la Moselle. Il devait réparer les échecs que nous avions éprouvés à l'Est, où les lignes de Wissembourg étaient perdues, où le maréchal autrichien Wurmser bloquait Landau, tandis que le Prussien Brunswick envahissait la Lorraine. En se concertant avec Pichegru qui commandait en Alsace, Hoche devait lui donner la main à travers les Vosges et rejeter en Allemagne les forces de la coalition. Sa nomination réconforta l'armée de la Moselle découragée par l'échec de Pirmasens et qui manquait de tout. Un de ses officiers écrivait à son arrivée : « J'ai vu le nouveau général, il est jeune comme la Révolution, robuste comme le peuple ; son regard est fier comme celui de l'aigle. » Hoche était digne d'inspirer cette confiance. Ses débuts furent des coups de maître : il lui fallait de nouveaux collaborateurs, il alla en chercher dans tous les rangs de ses troupes, bouleversant, il est vrai, les règles de la hiérarchie, mais écartant résolument du commandement les intrigants, les incapables et montant « sa machine » avec une merveilleuse perspicacité. Ses premiers ordres du jour sont des chefs-d'œuvre d'élévation morale et d'habileté ; il annonce à ses troupes la fin de leurs misères, des victoires, l'entrée dans « la terre promise » et il tient parole. En quelques jours la situation change ; les vivres, les munitions, les vêtements reviennent au camp ; l'armée se concentre ; les brigades, les divisions se reforment ; la confiance et l'ardeur renaissent. Hoche, à qui sont dus ces prodiges, trouve aussi de ces mots heureux qui enflamment les cœurs : « Avec des baïonnettes et du pain nous pouvons vaincre l'Europe... Quand l'épée est courte, on fait un pas de plus. » Ne pouvant obtenir le concours de Pichegru, il attaque seul le duc de Brunswick : toute son ardeur vient se briser contre les retranchements de Kayserslautern. Pour la première fois, le Comité de Salut public accorde des éloges à un général vaincu et Carnot lui écrit : « Notre confiance te reste. Rallie tes forces et marche. » C'est alors que, trompant Brunswick sur ses intentions, il passe avec une partie de ses forces par le col de Bitche pour joindre ses opérations à celles de l'armée du Rhin. Deux redoutes formidables barraient la route ; les soldats hésitaient. Hoche, sous le feu des canons, imagine de les mettre à l'enchère : « Camarades, s'écrie-t-il, à

quatre cents, à cinq cents, à six cents livres la pièce ! —
Adjugé ! » répondent les soldats, et ils s'élancent sur les
redoutes au pas de charge, tuent les canonniers et s'empa-
rent de leurs pièces. Ceci se passait à Frœschwiller et à
Wœrth, à l'endroit même où soixante-dix-sept ans plus
tard les Prussiens devaient reparaître pour nous écraser
sous le nombre. Nommé généralissime des deux armées
réunies, grâce aux représentants Lacoste et Baudot, et malgré Saint-Just et Lebas qui auraient voulu en donner la
direction suprême à Pichegru, il poursuit Wurmser, tandis
que ses soldats crient : « Landau ou la mort ! » Wurmser,
battu à Wissembourg, se brouille avec Brunswick, accouru
trop tardivement à son secours. Les ennemis repassent
le Rhin : en quelques jours le jeune général avait vaincu
deux grandes puissances coalisées et sauvé la frontière de
l'est de la France (décembre 1793).

MARIAGE DE HOCHE; SON ARRESTATION, SA CAPTIVITÉ, SA MISE EN LIBERTÉ (1794)

Malgré ses éclatants services, Saint-Just réussit à le
rendre suspect. On n'osa pas le faire arrêter au milieu des
troupes qu'il avait conduites à la victoire et qui l'adoraient :
il fallait d'abord l'éloigner du théâtre de ses succès : on lui
donna un commandement en Italie. Il ne protesta point et
s'apprêta à rejoindre son nouveau poste. Hoche songeait
à se créer un foyer, une famille. A Thionville, dans une
fête, il aperçoit une jeune fille, Adélaïde Dechaux, dont la
beauté et la grâce le ravissent ; elle n'a que quinze ans,
elle est sans fortune et son père est un simple garde-
magasin des vivres. Hoche la demande en mariage. Le brave
garde-magasin est surpris, un peu effrayé de l'honneur
qu'un grand général veut lui faire ; il croit devoir s'en
défendre et accumule objection sur objection : Mlle Dechaux
est d'origine très humble, sans dot, encore bien enfant :
« Tant mieux, répond Hoche, ne suis-je pas un fils de soldat, soldat moi-même, sergent hier encore ? Quant à la
fortune, ce n'est pas une dot que je cherche, mais une
femme ; les quinze ans de la jeune fille ne m'inquiètent pas :

je veux une femme neuve, que je puisse former moi-même. » A la fin, touché jusqu'aux larmes, Dechaux s'écrie : « Citoyen général, vous avez pris d'assaut votre beau-père. » Le mariage fut célébré à Thionville, le 11 mars 1794. Quelques jours après, en arrivant à Nice, il est arrêté par ordre du Comité de Salut public. Des amis l'engagent à fuir ; il refuse, ne voulant pas donner un mauvais exemple et prêt, du reste, à se justifier. Il confie sa femme à son beau-frère, le colonel Debelle, et s'arrange pour lui dissimuler la triste vérité. On l'enferme d'abord aux Carmes, dans un cachot infect, où la privation d'air et de lumière le rend malade, puis à la Conciergerie : c'était l'étape accoutumée avant d'aller au tribunal révolutionnaire et à l'échafaud. Cette iniquité n'altère pas son patriotisme ni sa foi républicaine. Dans un mémoire, où il rend compte de ses opérations sur le Rhin, cherchant les motifs de son arrestation : « Sauf le bon plaisir du Comité, écrit-il, ma mémoire ne peut m'en fournir d'autre que le refus de conférer avec les représentants quand j'ai cru qu'il était urgent d'agir. » Du moins, il peut se procurer quelques livres : il lit Sénèque, relit Montaigne, s'entretient avec Mmes de Beauharnais, d'Aiguillon et Tallien. Son beau-père est arrêté aussi et le rejoint à la Conciergerie. Il voit partir pour l'échafaud quelques-uns de ses meilleurs camarades. L'heure suprême semble avoir sonné ; Hoche adresse à sa femme l'adieu le plus tendre, s'excusant de lui avoir fait une si triste destinée, lui donnant rendez-vous dans un monde meilleur, auquel il croyait, lui recommandant de ne pas se laisser abattre, de ne point accuser la patrie de sa mort et protestant de son ardent amour pour la République. Puis, songeant à la postérité, il se met à retracer sa dernière campagne, réfutant avec hauteur les calomnies dont on l'avait abreuvé, montrant qu'il avait consacré sa vie à la défense de son pays, sans se mêler aux factions, sans courtiser « les hommes en place qui passent, tandis que la patrie est toujours là ». Il achevait ce mémoire, le 9 thermidor, dans l'après-midi, quand un nouveau convoi de prisonniers est amené à la Conciergerie : il croit rêver en reconnaissant parmi les nouveaux prisonniers son ennemi acharné Saint-Just. Quelques jours après, grâce au repré-

sentant Lacoste, il sort de prison, prévient sa femme qu'il va
la retrouver à Thionville.

HOCHE EN VENDÉE ET EN BRETAGNE (1794-1796)

Hoche est à peine remis en liberté qu'on lui offre le
poste d'adjoint à la direction de la guerre dans ce Comité
du Salut public qui l'avait jeté en prison : quoique la com-
position du Comité fût bien modifiée, il refuse. On lui donne
alors la plus difficile des tâches en l'envoyant en Vendée.
La grande guerre de Vendée était terminée par la déroute
des insurgés au Mans et à Savenay (décembre 1793). Mais
les bandes de la chouannerie, organisées par le marquis
de Puisaye, continuaient d'infester le pays. Trois armées
républicaines étaient occupées à les combattre ; celle de
l'Ouest dans la Vendée, celle de Brest en Bretagne et celle
des côtes de Cherbourg dans le Maine et la basse Nor-
mandie. Hoche est mis à la tête de cette dernière armée et
commence par y établir une discipline sévère. D'après le
plan qu'il avait conçu dès 1793, il la cantonne dans des
camps retranchés, forme des colonnes mobiles qui parcourent, fouillent les bois et les marécages, resserrent peu à
peu et refoulent l'insurrection. Par un mélange d'habileté,
de fermeté et de douceur, il désarme momentanément les
paysans, faisant rendre les bestiaux à ceux qui se soumettent, leur distribuant même des vivres et des semences et
assurant à tous une complète liberté de conscience et de
culte. Cette modération parut produire un certain apaise-
ment. La Convention publie un décret d'amnistie et envoie
dans l'Ouest des représentants pour en assurer l'exécution.
Trompés par un agent royaliste, Cormatin, ils entrent en
négociations et signent au château de la Jaunaye, près de
Nantes, un traité avec Charette, agissant au nom de l'armée
vendéenne, février 1795. Au mois de mai suivant, Stofflet
se soumet à son tour à Saint-Florent. Les chefs vendéens
déclaraient se soumettre à la République française une et
indivisible, et prenaient l'engagement, qu'ils se réservaient
de violer, de ne jamais porter les armes contre la République. La Convention promettait de laisser aux populations

le libre exercice de leur culte, d'accorder des secours pour relever les maisons en ruine, de donner à chaque rebelle une indemnité proportionnée à son rang dans l'armée ; Charette eut pour sa part deux millions. Ce n'est pas tout : il obtint de conserver le commandement et la police du territoire occupé par son armée, sous l'autorité de la Convention. C'était lui laisser le pouvoir de rallumer la guerre quand bon lui semblerait, et il ne se fit pas scrupule d'en profiter.

Cette pacification, en effet, n'était qu'apparente. Des bandes d'insurgés parcourent les campagnes, arrêtent et pillent les voitures publiques, pénètrent même dans les villes et commettent toutes sortes d'excès. Puisaye, à Londres, prépare un soulèvement, et, en attendant, inonde la Bretagne de faux assignats. Vers la fin de 1795, une escadre anglaise, sous les ordres de lord Bridport, portant trois mille émigrés de l'ancienne armée de Condé, perce la ligne de l'escadre de Villaret-Joyeuse, et détache une division sous le commodore Warren, qui débarque le corps des émigrés au fond de la baie de Quiberon, à Carnac. Puisaye et le comte d'Hervilly les commandent, mais heureusement ne sont pas d'accord. L'agitation est extrême en Bretagne et au delà. L'apparition des royalistes en armes, le nom de l'Angleterre associé à la nouvelle de ce débarquement, la retraite précipitée des petits détachements épars le long des côtes, l'affluence des chouans sur les routes qui mènent à Quiberon, le bruit répandu que les autorités constituées de la province, districts et municipalités, ne songent plus qu'à se réfugier à Rennes, avec leurs papiers et leurs archives, tout contribue à grandir, dans les imaginations émues, le spectre de la guerre civile. Charette dans le Marais, Stofflet en Anjou, Bourmont et Scépeaux dans les environs de Rennes, Cadoudal dans le Morbihan, appellent aux armes les paysans au cri de : Vive le roi ! Le Comité de Salut public s'inquiète. Hoche, seul, mesure le péril d'un œil dédaigneux. Il fait demander du renfort, se bornant à réclamer « du secret et du calme ». Son dessein est d'éviter les affaires particulières, qui auraient aguerri les chouans et de les amener à une action générale, comptant pour les écraser d'un coup sur la discipline et la valeur des soldats républicains. Tandis que Puisaye se rend maître du fort de Penthièvre, Hoche, qui, après avoir rassemblé et échelonné une partie de ses troupes sur Rennes, Ploërmel et Vannes, pour garder ses derrières, marche avec le reste sur Auray, répand autour de lui l'ardeur de son âme de feu. Dans ses rangs, tout respire un enthousiasme viril, la simplicité des camps, le rude génie de la guerre ; et Puisaye ne peut se défendre d'un serrement de cœur douloureux, la première fois qu'il aperçoit de loin des officiers républicains, conduisant les travaux en manches de chemise, sans autre chose qui les distinguât du soldat que leur hausse-col. Quatorze mille chouans occupent l'entrée de la presqu'île de Quiberon : ils sont formés en trois divisions; l'une sous les ordres du comte Dubois-Berthelot ; l'autre du chevalier Tinténiac ; la troisième, du comte Vauban. Hoche refoule émigrés et chouans dans la presqu'île, les resserre derrière les retranchements qu'il fait élever et les enferme « comme dans une souricière », 7 juillet. Puisaye conçoit alors l'idée d'embarquer une partie de ses troupes pour fondre sur les derrières des républicains, tandis qu'il les attaquerait lui-même de front. Mais l'expédition du comte de Vauban manque. Débarqué à Carnac avec l'amiral Warren, qui s'était offert à être de la partie, la présence de quelques colonnes mobiles le force à regagner ses chaloupes à la hâte. Pendant ce temps, l'attaque de front est également repoussée à Sainte-Barbe, le 16 juillet, où d'Hervilly est mortellement blessé. Quatre jours après, par une nuit orageuse, Hoche marche sur le fort Penthièvre en trois colonnes : celle de l'adjudant-général Ménage, où figure le célèbre auteur de la *Marseillaise*, Rouget de Lisle, guidée par quatre transfuges, y entre la première : aucun de ceux qui dorment là, dans cette nuit terrible ne se réveille. Les émigrés fuient et trouvent un dernier refuge dans un petit fort, le fort de Saint-Pierre. En vain, le jeune de Sombreuil, qui vient de débarquer, essaie-t-il une résistance impossible. Puisaye, qui aurait dû être le dernier à quitter le rivage, sous prétexte de sauver sa correspondance et les secrets redoutables qu'elle contient, monte sur un bateau et cherche un refuge sur la flotte anglaise.

Un grand nombre d'émigrés se jette à la mer. Jamais plus lamentable spectacle ne s'offrit aux regards. Là, sont luttant avec angoisse contre les flots près de dix-huit cents royalistes : officiers, soldats, paysans, parmi lesquels des femmes : les vaisseaux anglais ne peuvent en recueillir qu'une partie. Il paraît certain que quelques soldats républicains, saisis d'horreur et de pitié, à l'idée d'égorger des Français, eux Français, sous les yeux d'une flotte anglaise, crièrent : « Rendez-vous, on ne vous fera rien ; » et si ce cri fut, plus tard, nié par Hoche, c'est qu'il ne l'entendit pas, le mensonge étant impossible à des hommes de sa trempe. En tous cas, sans capitulation régulière, Sombreuil se rend à Hoche avec sept cent onze émigrés. Quelques instants après, il se promène avec Hoche au bord d'un rocher qui dominait la mer, Hoche, le plus près du bord ; de sorte que, d'un coup de coude, le chef royaliste peut précipiter le général républicain de cinquante ou soixante pieds dans la mer. Mais ils avaient l'âme trop haute, l'un pour commettre cet acte de trahison, l'autre pour le craindre. Malgré les efforts de Hoche en faveur de la clémence, la Convention, après un discours de Tallien, se montre inexorable ; les paysans seuls sont épargnés. Les émigrés sont fusillés, les uns près d'Auray, les autres à Vannes. Hoche s'était éloigné du théâtre, où il y avait à frapper, alors qu'il n'y avait plus à combattre ; mais, avant de partir, il tente de soustraire à la mort Sombreuil dont la jeunesse, le courage et les grandes qualités d'âme, l'avaient profondément ému. Pendant la nuit, Borelli, aide de camp de Hoche, pénètre dans l'église de Vannes où étaient enfermés des prisonniers : s'approchant de Sombreuil couché sur un matelas, près du maître-autel, il lui propose, de la part de son général, de faciliter sa fuite. A ces offres, Sombreuil répond : « Je suis prêt à partir, si je puis emmener avec moi tous mes compagnons : sinon, je reste. J'ai quitté pour venir, une femme que j'adore et que j'allais épouser, mais je dois l'exemple à mes soldats : à la bataille, comme à la mort, je marcherai le premier. » Au moment de mourir, comme on liait aux condamnés les mains derrière le dos, Sombreuil, quand vient son tour, se récrie contre cette humiliation. « Votre roi a bien été attaché », lui dit-on, et il se soumet. On lui présente un bandeau. « Non, dit-il, j'aime à voir mon ennemi. » Lorsque les soldats le mettent en joue, il leur crie : « Visez plus à droite, vous me manqueriez. » Ces mots étaient à peine prononcés, qu'il tombe mort.

Une nouvelle escadre anglaise fait voile vers les côtes françaises. Elle porte deux mille hommes d'infanterie, cinq cents cavaliers, des armes, des munitions et le prince depuis longtemps attendu, le comte d'Artois. Le 29 septembre, elle le met à terre avec une partie des troupes dans l'île d'Yeu. Charette et Stofflet avaient repris les armes : le premier avait débuté par massacrer, sous prétexte de représailles, plusieurs centaines de prisonniers. Nommé, par le comte de Provence, commandant en chef des pays catholiques, il doit protéger le débarquement. Hoche déjoue cette nouvelle tentative en se rendant maître de toute la côte. Au bout d'un mois, le comte d'Artois retourne en Angleterre, se contentant d'écrire à Charette qu'il lui « souhaitait tous les succès possibles ». Cependant Charette et Stofflet continuent de tenir la campagne, et Puisaye reparaît en Bretagne. Hoche imagine alors d'envelopper tout le pays insurgé d'une ligne de postes serrés, s'avançant de proche en proche dans l'intérieur, précédé de colonnes mobiles et opérant à mesure le désarmement et la pacification. Toutes les forces de l'Ouest sont réunies sous son commandement, sous le nom d'Armée des côtes de l'Océan, avec les pouvoirs les plus étendus. Grâce à ses habiles et énergiques dispositions, la guerre de l'Ouest s'éteint peu à peu ; l'insurrection royaliste perd ses derniers chefs. Stofflet et Charette, traqués dans les bois et livrés, sont fusillés, l'un à Angers, 16 février 1796, l'autre à Nantes, 29 mars 1796. Puisaye retourne en Angleterre : Cadoudal et Scépeaux se soumettent. La Vendée, l'Anjou, la Bretagne, tout l'Ouest étaient pacifiés. Le Conseil des Anciens et celui des Cinq-Cents décrètent que l'Armée des côtes de l'Océan et son chef ont bien mérité de la patrie ; le Directoire se croit très généreux en donnant à Hoche, comme marque de satisfaction, deux des plus beaux chevaux des dépôts de la guerre et une paire de pistolets.

Dans cette déplorable lutte, ce qui l'attristait le plus,

c'était d'avoir à combattre des Français. Aussi ne cessait-il
d'en appeler par des proclamations avec autant de chaleur
que d'habileté au patriotisme et au bon sens de ses adver-
saires. Il rappelait à ses soldats qu'ils avaient devant eux
des concitoyens, des frères à éclairer, à rassurer. « Faites
aimer la République, leur disait-il, et respecter ses armes. »
« Il ne faut faire à la guerre que le mal indispensable, »
écrivait-il encore. « J'ai toujours pensé que la plus terrible
responsabilité c'est d'avoir à rendre compte un jour à l'Etre
suprême du sang humain, répandu sans nécessité, et celle-
là, mais celle-là seule, m'a toujours fait trembler. » Sa
grande âme était susceptible de toutes les délicatesses.
Lorsqu'il apprit que le général Hédouville avait remis à
Travot le brevet de chef de brigade en présence de Charette
prisonnier, il lui fit dire : « On ne récompense pas le vainqueur devant le vaincu. » Le premier, il comprit que les
Vendéens étaient, au fond, bien plus attachés à leurs
croyances religieuses qu'à la monarchie, et, dans sa correspondance avec le gouvernement, il revient toujours sur
la tolérance sans laquelle cette guerre ne peut finir. « Cette
multitude, dit-il, qui ne connaît que ses prêtres et ses bœufs,
peut-elle adopter tout à coup les idées de la philosophie?
Faut-il fusiller les gens pour les éclairer? » Il estimait que
« lorsqu'on veut défanatiser un peuple, il faut lui faire
oublier ses prêtres par de sages institutions et non en le
persécutant ». Quant à lui, tout en répétant qu'il n'est
d'aucune secte, il déclare n'avoir de haine que pour une
seule, « celle des intolérants », parce qu'il regardait ceux-là
comme les plus grands appuis de la contre-révolution.
Parole profonde et toujours bonne à méditer! Pour com-
pléter l'œuvre de l'humanité et de la tolérance, c'était à la
science que le pacificateur de la Vendée voulait faire appel;
avec quelle éloquence il exprimait ses idées à cet égard!
C'est au ministre de la Guerre qu'il ne craignit pas d'écrire :
« Les préjugés ne se détruisent pas avec le canon ou les
baïonnettes, les lumières de l'instruction et le temps sont
les armes les plus sûres. Il faut répandre des torrents de
ces premières dans ces contrées. » Aux ministres prévenus
contre lui et qui blâmaient sa clémence, il répondait avec
fierté et avec bon sens : « Si ceux qui se réjouissaient tant

de me voir marcher contre la Vendée ont cru trouver en moi un chef incendiaire, un dépopulateur, ils se sont trompés. Fidèle à la République, j'en ferai respecter les armes, j'en combattrai les ennemis à outrance, je les livrerai à la vengeance des lois ; mais aussi je ferai chérir le gouvernement républicain par tous les moyens convenables. » Au prix de quelles luttes, de quelles souffrances Hoche acheva son œuvre de pacification ! Toutes les armes étaient bonnes à ses ennemis : le pistolet, le poignard, le poison. On s'en prenait même aux pauvres bêtes de son écurie ; les chouans en aveuglèrent trois sur quatre que le Directoire venait de lui envoyer. La calomnie épuisait sur lui tous ses traits : souvent c'étaient ses collaborateurs, ses obligés, des délégués de la Convention qui méconnaissaient ce grand et dévoué serviteur de la République. Il se vengeait parfois d'une façon étrange ; en envoyant vingt-cinq louis à la veuve d'un de ses assassins et en faisant élever les enfants d'un autre. S'il se montrait tel envers ses ennemis, qu'on juge de ce qu'il devait être pour ses troupes, pour ses officiers, pour ses amis. Il leur prodiguait les conseils, les exhortations avec une bienveillance et une affabilité charmantes ; il trouvait les mots les plus heureux, il écrivait des billets laconiques, mais pleins d'effusion et d'élan. On le voit prendre de loin, contre des accusateurs trop clairvoyants, la défense de Bonaparte qui lui rendit du reste, en ingratitude, ses témoignages de dévouement. En revanche, à sa mort, dans plusieurs communes de l'Ouest, ceux qu'il avait vaincus lui élevèrent des monuments. Combien peu de vainqueurs, au sortir des guerres civiles, ont recueilli de pareils témoignages !

EXPÉDITION D'IRLANDE (1796)

Depuis longtemps Hoche rêvait de débarquer en Irlande. Maintenant, disait-il, qu'on avait repoussé la guerre civile des côtes de France, il fallait reporter ce fléau sur les côtes de l'Angleterre, et lui rendre, en soulevant les catholiques d'Irlande, les maux qu'elle nous avait faits en soulevant les Poitevins et les Bretons. Le moment était favorable : les Irlandais étaient plus indisposés que jamais contre l'oppression du gouvernement anglais ; le peuple des trois royaumes souffrait horriblement de la guerre, et une invasion, s'ajoutant aux autres maux qu'il endurait déjà, pouvait le porter au dernier degré d'exaspération. On ferait de l'Irlande une république indépendante et on prendrait ensuite corps à corps l'Angleterre elle-même. Il finit par faire accepter ses projets au Directoire, forme les cadres d'une armée de débarquement, s'assure le concours de quarante des meilleurs officiers qu'il eût connus dans l'Ouest, et constitue sous le nom d'armée noire, appelée ainsi à cause de l'uniforme qu'elle portait, un corps spécial sous la conduite de Humbert, un officier aussi ferme qu'habile. En même temps, il rédige des appels aux armes ; ses manifestes étaient déjà arrivés en Irlande quand les émissaires de Pitt attendaient encore qu'on leur en donnât communication chez l'imprimeur du quartier général qu'ils avaient acheté. Le ministre anglais avait recours à tous les moyens pour se débarrasser de Hoche : un soir, à la sortie du théâtre, à Rennes, il faillit être assassiné d'un coup de pistolet ; quelque temps après il échappa à une tentative d'empoisonnement. Hoche s'était lié avec l'amiral Truguet, ministre de la marine, et ministre à grandes vues. Ils s'étaient promis tous deux de donner une exceptionnelle importance à la Marine, et de faire de grandes choses ; car alors toutes les têtes étaient en travail, toutes méditaient des prodiges pour la gloire et la félicité de la patrie. Hoche ne pouvant s'entendre avec l'amiral Villaret-Joyeuse, mécontent de l'abandon d'une expédition aux Indes, Truguet remplace ce dernier par Morard-de-Galles.

L'expédition met à la voile le 16 décembre 1796. Elle comprend une flotte de quinze vaisseaux et de vingt frégates, qui porte 15,000 hommes. Hoche monte, avec le contre-amiral Bruix, la frégate *La Fraternité*. L'escadre française, grâce à une brume épaisse, échappe aux croisières anglaises. Mais, dans la nuit du 16 au 17, une tempête affreuse la disperse, en engloutissant un vaisseau. Cependant le contre-amiral Bouvet manœuvre pour rallier l'escadre, et, après deux jours, parvient à la réunir tout entière, à l'exception d'un vaisseau et de trois frégates. Malheureusement la frégate qui porte Hoche est du nombre de ces dernières. Le contre-amiral Bouvet entre, le 24 décembre, dans la baie de Bautry, point de ralliement de l'expédition. Un conseil de guerre décide le débarquement; mais il devient impossible par l'effet du mauvais temps. Bouvet, effrayé par tant d'obstacles, craignant de manquer de vivres, et séparé de ses chefs, croit devoir regagner les côtes de France. Lorsque la *Fraternité* parvient à son tour à Bautry, quelques Irlandais viennent apprendre à Hoche la triste vérité. Dans son désespoir, il parle de débarquer seul et de se mettre à la tête de la population. On a beaucoup de peine à empêcher cette héroïque folie. Hoche revient à travers des périls inouïs. Jeté par un orage sur les côtes du Poitou, encore menacé d''être surpris par les Anglais, il vient mouiller, non sans difficulté, dans la rade de l'île d'Aix, ayant perdu le vaisseau *Les Droits de l'homme*. Ce navire, attaqué par deux vaisseaux anglais, en détruit un, échappe à l'autre; mais, tout mutilé, privé de mâts et de voiles, il succombe à la violence de la mer : une partie de l'équipage est engloutie, l'autre est sauvée à grand'peine. Quant à Hoche, il veut repartir au plus tôt en Irlande ; mais le Directoire a d'autres vues sur lui. Ainsi finit cette expédition, qui jeta une grande alarme en Angleterre, et qui révéla son point vulnérable. Le Directoire ne renonça pas à revenir plus tard à ce projet, qui ne devait pas réussir sous la conduite du général Humbert. Napoléon Ier a reconnu que Hoche avait toutes les qualités nécessaires pour assurer le succès de cette expédition : « Il était accoutumé à la guerre civile, a-t-il dit, et aurait dirigé les Irlandais avec intelligence. »

HOCHE COMMANDANT EN CHEF DE L'ARMÉE DE SAMBRE-ET-MEUSE (1797)

Tandis que Bonaparte faisait en Italie sa merveilleuse campagne de 1796, les armées de Sambre-et-Meuse et du Rhin n'avaient pas réussi à se réunir en Allemagne et avaient rétrogradé jusqu'au Rhin. Hoche est appelé au commandement de la première de ces armées, en remplacement de Jourdan. Il y retrouve beaucoup d'officiers avec lesquels il avait commencé sa carrière : Ney, Soult, Championnet, Richepanse, Grenier, Lefebvre, d'Hautpoul.

Sa mission est grande et belle : il doit combiner ses efforts avec ceux de Moreau sur le Rhin et de Bonaparte vers le Danube, pour réduire l'Autriche aux dernières extrémités et forcer l'Empereur à signer une paix avantageuse pour la République. Avant de conduire ses troupes à l'ennemi, Hoche a d'abord à réformer bien des abus. Les agences, chargées d'assurer, avec les fonds de l'Etat, les approvisionnements de l'armée, s'acquittaient au plus mal de leur tâche, rançonnaient parfois d'une façon odieuse les populations, se livraient à de scandaleuses spéculations. Hoche leur substitue des régies intéressées d'une façon régulière aux marchés qu'elles passeraient; en réalisant ainsi des économies sérieuses, il transforme avantageusement le régime alimentaire de ses soldats, presque tous les services de l'armée et notamment ceux des fourrages et des transports. D'autre part, il institue très sagement dans les pays conquis, des commissions qui servent d'intermédiaires entre les vaincus et l'autorité militaire; les impôts sont levés régulièrement; on n'eut plus à demander de l'argent au Directoire, et cependant les Allemands furent moins pressurés qu'auparavant. Bientôt le trésor de l'armée de Sambre-et-Meuse est assez rempli pour que le général en chef abandonne à Moreau sa part du million envoyé par l'armée d'Italie aux armées du Rhin.

Impatient d'entrer en action, Hoche passe le Rhin à Neuwied, le jour même où Bonaparte signait l'armistice de Leoben, tandis que Championnet débouche par Dusseldorf. Vainqueur du baron de Kray à Ukerath et à Altenkirchen, il lui tue beaucoup de monde et lui fait cinq mille prisonniers, vengeant ainsi les défaites de Jourdan et la mort de Marceau. Il s'avance ensuite rapidement sur Francfort, battant toujours Kray et cherchant à lui couper la retraite. Il est sur le point de l'envelopper par une manœuvre habile, et l'enlever peut-être, lorsque arrive le courrier de Bonaparte, qui annonce la signature des préliminaires. Cette circonstance arrête Hoche au·milieu de sa marche victorieuse, et lui cause un vif chagrin, car il se voit encore une fois arrêté dans sa carrière. Si du moins on eût fait passer les courriers par Paris, il aurait eu le temps d'enlever Kray, ce qui aurait ajouté un beau fait d'armes à sa vie et aurait eu l'influence la plus grande sur la suite des négociations.

Aussi le général Lefebvre avait-il dit en apostrophant le courrier : « Tu aurais bien dû t'amuser en route ». Bonaparte avait voulu conclure seul la paix et n'en partager l'honneur avec personne, ni avec Hoche et Moreau, ni même avec Clarke qui, chargé officiellement des négociations, était à Turin, et ne fut pas prévenu à temps ; les commandants des armées du Rhin qu'il fallait arrêter dans leur marche furent, au contraire, avertis avec une rapidité foudroyante.

On a dit que Bonaparte avait reçu de faux avis, qu'il avait pu croire à l'inaction de Hoche et de Moreau. Bonaparte savait bien se renseigner quand il le voulait ; il agit avec une précipitation extraordinaire, écrivit à l'archiduc Charles une lettre devenue fameuse et bien peu en rapport avec ses habitudes, avec ses idées sur la guerre ; victorieux, aux portes de Vienne, c'était lui qui proposait la paix, non seulement sans ordres, mais sans avis du Directoire ; l'archiduc, dans la situation la plus critique, ne crut pas pouvoir répondre sans consulter son gouvernement. La paix était universellement désirée ; on ne peut s'étonner que Carnot ait insisté pour l'acceptation des préliminaires de Léoben ; mais on devra toujours regretter que la République française, victorieuse de l'Autriche, lui ait sacrifié Venise.

Il est certain que la paix fut signée trop tôt, dans des conditions regrettables sous plus d'un rapport ; avec sa violence et sa duplicité habituelles, Bonaparte trouva moyen d'imputer à Hoche et à Moreau la précipitation fort calculée avec laquelle il avait agi : ses collègues, disait-il, l'avaient mal secondé ; ils avaient commencé tardivement leurs opérations ; ils ne l'avaient pas prévenu à temps ; la seule crainte que tout fût compromis l'avait engagé à conclure les préliminaires : « J'ai cru, disait-il, la campagne perdue, que nous serions battus les uns après les autres ». Comme si le génie de Hoche devait faire présager des défaites ! Michelet s'indigne avec raison de pareilles suppositions qu'il trouve injurieuses ; elles ne furent au fond que de misérables prétextes : Bonaparte voulait à la fois calomnier son rival et dissimuler les craintes que son génie, sa gloire et surtout ses convictions républicaines lui inspiraient. Hoche avait été plus généreux ; on l'avait vu prendre avec chaleur la défense de Bonaparte, plaider éloquemment sa cause à la fois contre les royalistes et contre des républicains.

HOCHE MINISTRE DE LA GUERRE ; COMMANDANT DE L'ARMÉE D'ALLEMAGNE ; SA MORT (1797)

A ce moment, une restauration royaliste semblait imminente ; le Directoire veut la prévenir par un coup d'État. Mais il n'y avait pas unanimité dans le Directoire ; car s'il possédait l'adhésion peu rassurante du vénal Barras et l'appui plus sûr de Rewbell et du rhéteur guindé Laréveillière, qui était le pape de la théophilanthropie, il y avait contre lui la probité de Carnot, ennemi d'une illégalité commise même contre des ennemis. Se trouvant de plus en plus isolé au sein de la nation et forcé de renoncer à cette politique de bascule à l'aide de laquelle il avait alternativement frappé ses ennemis de toutes couleurs, le Directoire se trouva naturellement amené à rechercher l'appui de l'armée en même temps que l'alliance des passions révolutionnaires. L'armée était en général toute disposée à le seconder. Indifférente à la liberté, ou plutôt n'ayant pas même la notion de ce que ce mot représente, elle redoutait par-dessus tout une restauration de l'ancien régime. Elle ne voyait dans les constitutionnels que les instruments des Bourbons, et les Bourbons eux-mêmes lui étaient surtout odieux parce que leur retour compromettait forcément toutes les conquêtes de cette démocratie militaire. Les jeunes officiers qui étaient assurés de conquérir leur avancement par leur seul mérite, les généraux de vingt-cinq ans, auxquels la République avait confié les plus belles armées de l'Europe, ne se sentaient nullement disposés à résigner leur commandement entre les mains des émigrés, que les Bourbons ramèneraient avec eux ; sentiment mille fois légitime, mais égaré par la solidarité qu'il établissait entre les complots de quelques traîtres et un mouvement de générosité qui approuvait les mesures que les Conseils avaient fait prévaloir contre le Directoire, à savoir la liberté des cultes devenue une réalité, l'adoucissement de la loi contre les émigrés, l'abrogation de la loi contre les prêtres insermentés, enfin la revendication, en partie réalisée, de la juste influence qui, dans tous les pays libres, appartient aux assemblées sur la gestion des finances, sur la conduite de la paix et de la guerre, sur tous les actes en un mot du pouvoir exécutif.

Le Directoire avait donc pris son parti : il avait choisi, pour exécuter son coup d'État, le général Hoche, dont rien n'avait terni jusque-là la pureté civique, et dont le nom était destiné à rassurer ceux qui pourraient craindre de voir cette tentative dégénérer en dictature militaire. Hoche, comme la plupart de ses compagnons d'armes, fut en cette occasion aveuglé par la répulsion que lui inspiraient les menées royalistes. Dans le mouvement d'opinion qui commençait à s'emparer de la France entière, il ne voyait que le général Pichegru, l'un des principaux meneurs de ce mouvement, qu'il considérait à bon droit comme un traître, et qui, de plus, était son ennemi personnel. Hoche vient à Paris, et, dans une entrevue avec Barras, il concerte tous les délais d'exécution du coup d'État. Mais l'article 69 de la Constitution interdisant à tout corps militaire de passer dans un rayon de quinze lieues autour du local où le Corps législatif tenait ses séances, la difficulté était d'avoir des soldats sous la main. Il est convenu que Hoche, sous prétexte de diriger une partie de son armée vers l'Océan, pour une nouvelle expédition en Irlande, concentrerait des troupes autour de Paris et les mettrait à la portée du Directoire. On le nomme ministre de la Guerre pour lui rendre la tâche plus facile. Mais Hoche apprend bientôt à ses dépens pour quels hommes il allait exposer sa vie et sa gloire. Ses troupes ayant opéré le mouvement convenu (le 8 juillet), il arrive, soit malentendu, soit imprudence, que les chasseurs de Richepanse franchissent la limite constitutionnelle. Les Conseils, déjà avertis des projets du Directoire par des menaces fort transparentes et par des mesures qu'on ne prenait plus la peine de dissimuler, dénoncent la marche des troupes qui sont arrivées à la Ferté-Alais, et invoquent la Constitution violée. Carnot, qui ignore le coup d'État préparé par ses collègues, et dont il sera une des premières victimes, est interrogé par ses amis au Corps législatif ; il répond à qui veut l'entendre que Hoche avait agi sans ordre, ce qui était exact en ce qui le concernait, bien que Barras eût fait croire au général qu'il agissait d'accord avec tous ses collègues. Le jeune général est appelé au sein du Directoire ; il y subit les plus amers reproches de la part de Carnot. Barras, n'osant encore braver ouvertement son collègue en avouant l'ordre qu'il avait donné, garde le silence. Hoche, qui pouvait tout rejeter sur Barras, se tait ; mais il est profondément blessé et repart peu de jours après (26 juillet) pour l'armée, le cœur ulcéré, et après avoir donné sa démission du ministère de la Guerre, poste qu'il ne pouvait conserver, parce qu'il n'avait pas encore l'âge de trente ans fixé par la Constitution pour être ministre.

Le Directoire, poussé par Bonaparte qui lui envoya Augereau, devait réussir, quinze jours avant la mort de Hoche, à faire ce coup d'État qui fut consommé dans la journée du 18 fructidor (4 septembre 1797). C'est avec tristesse qu'on voit Hoche mêlé à la préparation de ce coup d'État qui a été le premier triomphe du militarisme : il marque l'intrusion à jamais déplorable de l'armée dans nos luttes civiles ; mais, si nous ne pouvons nous dissimuler l'erreur commise, nous avons le droit de constater qu'elle fut de courte durée et qu'il suffit d'un avertissement de Carnot pour rappeler Hoche au devoir. Quelle différence avec Bonaparte! Il a fallu chercher Hoche au milieu de ses soldats, le faire venir sous de faux prétextes et le tromper pour l'entraîner.

Hoche revient à son quartier général de Wetzlar, ayant une voiture toute prête pour s'enfuir en Allemagne avec sa jeune femme, si le parti des Cinq-Cents l'emportait. C'est cette circonstance seule qui le fait songer à ses intérêts, et à réunir une somme d'argent pour suffire à ses besoins. La nouvelle du 18 fructidor le délivre de toute crainte pour lui-même, car il était l'appui le plus solide du Directoire, soit contre les royalistes, soit contre l'ambitieux vainqueur de l'Italie. Le Directoire, d'où Carnot avait été exclu, réunit les deux grandes armées de Sambre-et-Meuse et du Rhin en une seule, sous le nom d'armée d'Allemagne, et lui en donne le commandement. Dans les jours qui suivirent le coup d'État, le Directoire saisit une lettre de Moreau, adressée au directeur Barthélémy, autre victime du coup d'État, et qui apportait de nouvelles preuves au sujet de la trahison de Pichegru. Ces preuves, Moreau les avait depuis longtemps entre les mains, mais, quoique sincèrement attaché aux institutions républicaines, ce général s'était abstenu d'en faire usage, soit égard pour une ancienne amitié, soit répugnance de fournir des armes à une politique qu'il désapprouvait, soit enfin que Pichegru ne lui parût plus à redouter depuis qu'il n'avait plus de commandement. Au reste, Bonaparte, qui lui a fait un crime d'avoir tenu secrète cette fameuse correspondance, saisie dans les fourgons du général autrichien Klinglin, n'avait lui-même pas agi autrement en ce qui concernait les relations de l'émigré d'Antraigues. Il ne les avait communiquées au Directoire que peu de temps avant le coup d'État, lors du voyage à Paris de Bernadotte, et par l'entremise de ce général. Mais Moreau eut le tort plus grave de ne se décider à sa révélation qu'après avoir reçu avis officieusement de l'imminence du coup d'État; les motifs qui lui avaient dicté sa conduite durent céder devant l'impossibilité de garder un secret qui était connu de tout son état-major. Il fut puni de sa tardive complaisance par une mise en disponibilité et son commandement fut donné à Hoche.

C'était le plus vaste commandement de la République. Mais Hoche ne jouit pas longtemps d'une position qui lui eût donné une influence prépondérante sur les affaires de la République et qui peut-être en eût changé le destin. Depuis quelque temps une toux sèche et fréquente, des convulsions nerveuses alarmaient ses amis et ses médecins. Malgré son état, il s'occupait d'organiser en une seule les deux armées, et il songeait toujours à son expédition d'Irlande, dont le Directoire voulait faire un moyen d'épouvante contre l'Angleterre et pour laquelle la République batave lui avait promis des secours. Mais sa toux devint plus violente vers les derniers jours de fructidor et il commença à souffrir des douleurs insupportables. On souhaitait qu'il suspendît ses travaux, mais il ne le voulut pas. Il appela son médecin et lui dit : « Donnez-moi un remède pour la fatigue, mais que ce remède ne soit pas le repos ». Vaincu par le mal, il se met au lit et expire le lendemain, 19 septembre, au milieu des douleurs les plus vives, laissant son armée dans la consternation, car elle adorait son jeune général, et dans la plus grande affliction tous les républicains qui comptaient sur ses talents et sur son patriotisme. Il n'avait que vingt-neuf ans.

Dès son enfance il avait eu ces accidents nerveux et des maladies inflammatoires. La guerre de Vendée l'avait très fatigué ; son état s'aggrava pendant l'expédition d'Irlande et se manifesta par une toux opiniâtre. Le bruit d'empoisonnement se répandit sur-le-champ ; on ne pouvait pas croire que tant de jeunesse, de force, succombassent par un accident naturel. On attribua l'empoisonnement au Directoire, aux chouans. Mais le procès-verbal de l'autopsie, signé par neuf médecins, prouva que ces accusations étaient sans aucun fondement. Le Directoire fit préparer des obsèques magnifiques ; elles eurent lieu au Champ-de-Mars, en présence de tous les corps de l'État, et au milieu d'un concours immense de peuple. Une armée considérable suivait le convoi ; le vieux père du général conduisait le deuil. Cette pompe fit une impression profonde, et fut une des plus belles de nos temps héroïques. Ses restes furent déposés à Coblentz, au fort de Pétersberg, à côté du corps de Marceau, que la France avait perdu presque jour pour jour l'année précédente.

Au moment où il fut ravi à la France, Hoche avait été mûri par le temps, par de rudes épreuves, par les événements si nombreux et si graves dont il avait été le témoin et dans lesquels il avait parfois joué un rôle : il avait acquis une réelle expérience politique. Nous connaissons ses idées en matière de gouvernement. Ce grand homme aurait voulu réformer notre système d'éducation nationale ; il se plaignait qu'on fît « de nos filles des coquettes étourdies ou des Agnès dont la timidité rebute ». Il estimait que l'enseignement public devait être affranchi de l'influence du clergé : « La théocratie ne fait que des esclaves ; elle prend l'enfant au berceau, elle ne lui laisse pas un moment de liberté, elle ne l'éclaire véritablement sur rien, elle l'entoure de spectres, elle ne le conduit que par des monstres futurs dont elle peuple l'avenir, ou par des récompenses qui ne sont achetées que par l'abandon de ses facultés natives et de sa raison. Il faut donc, en tolérant les pratiques chrétiennes, enlever au sacerdoce l'enseignement des communes et, par là même, la direction de tout l'esprit public ». On le voit, cet homme de guerre eût pu devenir un hardi réformateur en matière de gourvernement et d'éducation.

C'est une des plus belles figures de l'histoire et peut-être la plus pure de la Révolution française. Il a été surtout un homme d'action et un homme de foi. Il aimait à répéter le mot du grand pensionnaire de Witt : *Ago quod ago :* je fais ce que je fais. La devise, qu'il mettait souvent en tête de ses lettres : *Res, non verba :* des actes et non des paroles, le caractérise à merveille.

Hoche avait une haute taille, une démarche d'une rare élégance, une physionomie ouverte et spirituelle, un front large traversé par une cicatrice, d'abondants cheveux noirs bouclés, des yeux d'un éclat incomparable, une voix sonore, un ensemble à la fois fier et séduisant. Par sa haute intelligence, par son ambition qui n'avait rien de vulgaire, par ses talents militaires, par les rares aptitudes politiques qu'il avait déployées dans la difficile pacification de la Vendée, par l'estime et la popularité qui s'attachaient à son nom, Hoche était le seul homme qui eût pu, à un moment donné, balancer la fortune de Bonaparte. Bien qu'il eût appuyé le 18 fructidor, il était sincèrement dévoué aux grands principes de la Révolution ; et il serait bientôt revenu de son erreur, car il possédait sous son air d'impatience, un esprit maître de ses propres entraînements. Il eût été amené, par une inévitable rivalité, à s'opposer aux projets de Bonaparte, et, l'un de ces deux hommes contenant et neutralisant l'autre, peut-être la France fût-elle

parvenue à éviter les terribles épreuves qu'elle a subies.
Voici le jugement que Thiers a porté sur lui : « Des victoires, une grande pacification, l'idée répandue chez tous
les républicains qu'il aurait lutté seul contre le vainqueur
de Rivoli et des Pyramides, que son ambition serait restée
républicaine et eût été un obstacle invincible pour la grande

HOCHE

ambition qui prétendait au trône ; voilà de quoi se compose
sa mémoire. » Il avait dit, en effet, dès qu'il commença à
soupçonner les vues de Bonaparte : « S'il veut se faire
despote, il faudra qu'il me passe sur le corps ! » On a prêté
également à Bonaparte cette parole : « Hoche se serait
rangé ou je l'aurais écrasé. » Hoche définissait ainsi le rôle
d'un gouvernement républicain : « Il ne faut faciliter ni les
menées de l'aristocratie ni celles de la démagogie, ce sont

deux minorités qu'il faut désarmer. C'est servir la liberté que de la restreindre chez qui la réclame pour opprimer. » Hoche est une des grandes figures de notre histoire : de tous les généraux de la République, aucun n'a laissé une mémoire plus pure. On a rétabli à Versailles sur sa statue, élevée par Lemaire, l'inscription composée par Villemain, qui résume les principaux titres de Hoche à l'admiration de la postérité.

LOUIS-LAZARE HOCHE

NÉ LE 24 JUIN 1768

A VERSAILLES

SOLDAT A SEIZE ANS

MORT GÉNÉRAL EN CHEF DE L'ARMÉE

DE SAMBRE-ET-MEUSE

AU CAMP DE WETZLAR

LE 2ᵉ JOUR COMPLÉMENTAIRE DE L'AN V

DE LA RÉPUBLIQUE

A VINGT-NEUF ANS

———

L'UN DES FONDATEURS DE NOTRE LIBERTÉ

IL VAINQUIT L'ÉTRANGER ET PACIFIA SON PAYS

ÉLEVÉ AU DESSUS DE TOUTES LES FACTIONS,

PAR SON GÉNIE ET SON HUMANITÉ ;

HÉROS CITOYEN,

SON NOM EST PUR AUTANT QU'IMMORTEL.

VISSEMBOURG, QUIBERON, LE PASSAGE DU RHIN,
NEUWIED, ALTENKIRCHEN,
LA ROUTE DE VIENNE ET LA CÔTE D'IRLANDE,
DIRONT A LA POSTÉRITÉ LA PLUS RECULÉE
SES VERTUS GUERRIÈRES ET SES GRANDS DESSEINS
MORT TROP TÔT POUR LA FRANCE,
S'IL EUT VÉCU, SA GLOIRE TOUJOURS CROISSANTE
N'EUT JAMAIS RIEN COUTÉ A LA LIBERTÉ DE SA PATRIE.

TABLE

Le Gerant : **J.-B. BRIAUD.**

Sceaux. — Imp. E. Charaire.

www.ingramcontent.com/pod-product-compliance
Ingram Content Group UK Ltd.
Pitfield, Milton Keynes, MK11 3LW, UK
UKHW022224070726
13613UKWH00004B/1866